Le clin d'œil de la plume

Véronique Barbotin

Le clin d'œil
de la plume

Nouvelles

PGCOM Éditions

Le clin d'œil de la plume
© PGCOM Editions 2014
Tous droits réservés
http://www.pgcomeditions.com/
ISBN : 978-2-917822-38-8

Le clin d'œil de la plume

Sommaire

La buveuse de thé - *13*

L'attente - *19*

Un étonnant marque-page - *21*

Attirance - *25*

Espérance - *27*

Pour un regard - *31*

Le livre de sa vie - *35*

Billet de train cherche
son propriétaire désespérément - *37*

Les gestes ont la parole - *41*

Quelques instants de liberté - *49*

La page oubliée - *53*

La plume masquée - *57*

A mon grand-père, mon papy chat, qui a su en toute complicité me montrer la vie sous un jour où l'humour, le comique de situation, mais aussi les sentiments étaient toujours au rendez-vous ;

A Gaël et Julian, mes deux amours ;

A mes parents, ma famille, mes amis qui comptent tant pour moi ;

A Patricia, mon éditrice, pour sa confiance.

Julian Barbotin

Immobile, fière sur son napperon blanc, elle force le respect. Ne détient-elle pas le secret qui n'a pas d'âge ? Celui qui consiste à réconforter, partager. Sa chaleur se ressent sans même s'en approcher. L'effluve de thé bouleverse les deux tasses qui s'empressent de rappeler leurs existences et leur utilité. Le fusain glisse, pas de montre, pas d'horloge, il est cinq heures.

Véronique Barbotin

La buveuse de thé

Elle marchait d'un pas léger. Les rues de Paris semblaient sourire sous le soleil radieux d'un mois de mai bien commencé. Son énorme sac en cuir lui donnait une allure étrange, elle semblait pencher d'un côté et quand on lui en faisait la réflexion, elle regardait son interlocuteur d'un air étonné… Elle allait très bien, non le sac n'était pas trop lourd sur son épaule, et non, elle n'avait rien à retirer pour le rendre plus léger ! Elle faisait remarquer d'un air malicieux qu'elle était comme un escargot avec sa maison ; elle emportait dans son sac ses biens les plus précieux : un cahier, un stylo, un livre… Elle était équipée pour ne pas s'ennuyer un seul instant et elle avait également un sachet de thé au cas où… Cela surprenait, mais elle n'en avait cure, elle s'était trouvé confrontée trop de fois à des invitations où on lui demandait :

- Manon vous prendrez bien un café ou un jus d'orange ?

C'était souvent dit d'une voix chaleureuse lorsqu'elle était invitée pour la première fois chez la personne et, elle, en retour répondait timidement :

- Vous auriez du thé par hasard ?

Et le hasard faisait souvent mal les choses… Soit on lui répondait d'un air gêné : désolé je n'en ai pas, plus, voire jamais eu… Soit une exclamation type :

- Ah oui ! Je dois avoir ça quelque part !

Et la personne revenait triomphante avec un sachet de tilleul…

Manon répondait doucement :

- Euh j'avais dit thé, car la tisane ça me fait dormir…

Et l'interlocuteur lui répondait :

- Ah, mais c'est pareil, non ? Avec un peu d'eau chaude…

Manon répondait d'une voix catégorique :

- Non pas du tout…

Et elle ajoutait, soudain lasse de se répéter :

- Ce n'est pas le même goût. Mais ne vous dérangez pas. Ce n'est pas grave…

Et puis il y avait les autres, les invitations de personnes dynamiques et volontaires où la maîtresse de maison lui rapportait triomphante, la vieille boite retrouvée au fond du placard… Pendant dix minutes, Manon avait entendu fourgonner et, mal à l'aise, elle avait regretté de lui avoir donné tout ce travail en espérant secrètement qu'elle trouverait quand même… Et lorsqu'elle revenait radieuse, une boite à la main, où se mélangeaient des saveurs de cerise, vanille… là, le cœur de Manon se soulevait… Elle osait alors se lancer à dire :

- J'ai omis de préciser thé noir, tout simple : black tea quoi !

Et là, elle sentait qu'on la regardait d'un air déconcerté.

- Mais ça, c'est du thé !

Eh oui, c'est du thé avait-elle envie de répondre, si il y a des boutiques, des salons de thé, c'est parce que le thé, c'est un monde magique, qu'il y en a de toutes sortes et que c'est comme dans une librairie, si vous aimez la science-fiction peut-être qu'une histoire d'amour ne vous tentera pas…

Alors pour éviter dorénavant tout souci, elle avait pris l'habitude d'emporter sa boite à thé avec ses sachets à elle, son thé noir comme elle l'aime. Il n'y avait plus qu'à lui donner de l'eau… de l'eau chaude. Enfin, ça devait être du domaine du possible ça… Eh bien non !

Elle eut aussi l'invitation chez une amie qui à peine installée dans le canapé lui avait annoncé :

- Désolée Manon, ça tombe mal j'ai un souci avec mon ballon d'eau chaude, et elle avait ajouté rassurante, mais ne t'inquiètes pas, j'ai pensé à toi j'ai mis du ice tea au frigo. Mais ça n'a rien à voir l'ice tea qui a un goût sucré avec son thé à elle !

Tandis qu'elle marche, elle repense à toute cette sollicitude qui lui pèse à vouloir bien faire. Ils ne comprennent même pas que l'eau chaude est pour elle le complément indispensable !!! Ça y est, elle se décide, elle va s'équiper pour de bon d'une mini-bouilloire avec tasse, mais sans cuillère, puisqu'elle prend son thé sans sucre. Il faudra juste que les amis aient du courant électrique pour se brancher…

Elle passe devant un café qu'elle reconnaît pour y avoir été il y a peu de temps. Elle sourit en se rappelant la scène qui s'y était déroulée. Elle s'en amuse maintenant, mais lorsque cela s'est produit, elle n'avait pas trouvé ça drôle du tout.

Elle avait commandé un thé et son ami Philippe, un café. L'addition posée sur la table aurait pu rester pendant le temps de leur conversation tel un papier inutile, mais on lui avait apporté un thé avec un zeste de citron et elle avait mis le zeste dans la sous-tasse ne comptant pas l'utiliser.

Elle avait alors bougonné :

- C'est incroyable, je demande quelque chose de simple et il faut qu'on m'en rajoute.

Amusé, Philippe lui avait demandé pourquoi elle faisait cette remarque. Elle avait alors expliqué qu'elle avait demandé un thé breakfast qui était sur la carte, même si on n'était pas à l'heure du petit déjeuner, car ce thé noir pouvait se boire à toute heure et que là, on lui servait un thé au citron. En riant Philippe avait pris la note :

- C'est compliqué finalement le thé et… (son sourire avait disparu) cinq euros !!! Eh bien, ils exagèrent !

Elle avait répondu gentiment :

- Tu sais, le thé est toujours plus cher que le café.

Elle embrassa la salle du regard et ajouta :

- Et puis, il y a un assez joli décor…

- Enfin pour ce prix-là, il pourrait ne pas se tromper dans la commande. Attends, un euro en plus pour le zeste de citron, ça fait six euros ! s'était exclamé Philippe.

- Allez ne te fâche pas, je vais payer, avait-elle dit gênée par le ton de Philippe qui en montant suscitait les regards des autres clients.

Mais il avait alors interpellé le garçon de café :

- Vous ne trouvez pas gonflé de nous facturer un thé à ce prix ! Et il avait sorti le sachet de la tasse et l'avait secoué sous le nez du serveur. Pour un sachet, un peu d'eau chaude car vu la taille de la théière, c'est à peine si

16

mon amie va pouvoir se resservir. Le serveur l'avait regardé interloqué :

- Mais c'est toujours à ce prix, monsieur. C'est noté sur la carte.

- Je sais, avait rétorqué Philippe, mais quand même je trouve que vous profitez de la situation.

Et il avait maugréé :

- Que de l'eau chaude.

Manon s'était pris à regretter de ne pas avoir commandé un coca, au moins cela lui aurait évité que la précieuse heure de confidence se transforme en analyse des prix.

Elle repensa alors à son premier voyage à Londres, où on lui avait proposé la traditionnelle tasse de thé, elle n'avait alors que treize ans et s'était un peu forcée pour ne pas décevoir la famille d'accueil. Puis le tea time était devenu une habitude. Elle s'était mise à se déplacer comme eux avec son mug à la main pour regarder la télé, lire un livre. De retour en France, elle avait trouvé cette habitude si agréable, qu'elle avait fait un petit coin salon de thé dans sa chambre pour ses copines.

* *
*

Elle atteignit bientôt sa maison, poussa la porte, regarda les jolies tasses sur l'étagère de la cuisine qui ne demandaient qu'à être utilisées selon son humeur, mug, tasse fleurie ou neutre, elles étaient là et avaient chacune leur histoire. Un coup de cœur pour chacune quand

Manon les avait vues au hasard de ses flâneries à Paris ou sur ses lieux de vacances.

Son regard s'arrêta sur un livre qu'on lui avait offert sur les salons de thé parisiens, des lieux où on n'avait pas à se justifier de sa commande, où la serveuse revenait en vous proposant de vous rapporter un peu d'eau chaude si vous veniez à en manquer. Des lieux où elle avait plaisir à voyager à travers les noms : Earl Grey, Douchka, Marco Polo... Où après avoir humé, juste en regardant les libellés, elle en revenait à son choix initial.

Elle s'installa confortablement dans son sofa un livre à la main, elle entendait déjà le doux bruit de la bouilloire qui annonçait un mariage imminent entre un sachet de thé noir et une tasse d'eau chaude.

L'attente

Elle entra dans le café d'un pas vif malgré son âge avancé. Elle se dirigea vers une table, sa table, celle où chaque dimanche en commandant un café croissant à seize heures, elle refaisait le monde avec son ami de toujours. Seize heures quinze, il n'était pas là, ce qui était rare. D'ordinaire, il était ponctuel.

Elle s'impatientait, ne cessant de regarder son bracelet-montre. Seize heures trente, elle était sur le point de demander au serveur si il y avait un message pour elle, lorsqu'un jeune homme brun, de belle allure, entra. Il sembla dévisager chaque personne l'une après l'autre, puis croisa son regard et, avec un large sourire, s'approcha et lui tendit la main : « *Je suis le petit fils de Pierre, il sera un peu en retard aujourd'hui, nous avons eu un déjeuner de famille, il m'a chargé de vous prévenir et de l'attendre avec vous...* » Elle laissa échapper un : « *Ah !* ». Elle était surprise, décontenancée, elle ne savait pas que son ami parlait de leurs dimanches après-midi à d'autres. Elle ne trouvait rien à dire. Elle se sentait gênée qu'un pan de sa vie soit ainsi dévoilé. « *Mais c'est si rare que nous ayons des réunions de famille,* enchaîna le jeune homme, *la plupart du temps, grand-père est seul le dimanche...Enfin je voulais dire...* » Il s'interrompit, mal à l'aise.

Un silence s'installa entre eux, elle ne fit rien pour le briser, c'était si incongru pour elle d'être face à cet inconnu. Sa présence la mettait mal à l'aise, il n'allait pas dans ce cadre, il n'était pas le visage familier qu'elle aimait retrouver ici.

Il la regarda visiblement embarrassé, il posa une main sur la sienne, la fixa droit dans les yeux et se lança : « *Accepteriez-vous d'épouser mon grand-père, ça fait si longtemps qu'il ne sait comment vous le demander, alors il m'a chargé d'être son ambassadeur.* » Elle sourit et se tourna doucement en direction de la baie vitrée.

Elle le vit ; il attendait, le visage crispé, les mains serrant son pardessus. Il lui parut si enfantin soudain. Elle regarda le petit-fils et s'écria : « *Enfin ! Ça fait vingt ans que j'attends ce moment !* »

Un étonnant marque-page

Chaque après-midi, il s'asseyait sur le même banc toujours libre, il s'en étonnait mais s'en réjouissait en même temps sans avoir envie de chercher la raison du désintérêt des autres pour cette place qui lui, l'enchantait.

De nombreux petits moineaux virevoltaient autour de lui, il s'amusait à les voir toujours aussi fidèles au rendez-vous et leur distribuait quelques miettes de pain. Parfois, il lançait un :

- Bon appétit !

Il riait tout seul de leur avoir parlé et regardait alors discrètement autour de lui, craignant d'avoir choqué un passant. Mais il n'y avait personne, pas un bruit autre que celui émanant des oiseaux. Depuis plusieurs jours, il apportait le même livre, prenant son temps, savourant chaque ligne, chaque page.

Depuis longtemps un roman ne l'avait autant comblé. Il était ravi de son choix, il avait eu un coup de cœur pour la couverture, un seul regard sur le rayon de la bibliothèque et il l'avait vite emporté de crainte qu'un autre lecteur ne s'en empare. Il était rentré chez lui avide de commencer sa lecture et puis avait trouvé que le lieu ne s'y prêtait guère, alors il avait pris le chemin du jardin public pour retrouver le banc qu'il affectionnait tant et qui lui paraissait être le lieu le plus propice pour être en pleine osmose avec ce livre.

Il avait l'impression que chaque page lui ressemblait, effet miroir, il se sentait pour la première fois confronté à un semblable comme s'il en était lui-même l'auteur.

Il revint chaque après-midi pendant plus d'une semaine admirant à chaque fois combien ce square était bien entretenu.

Quel bonheur d'avoir découvert cet endroit si près de son domicile ! Il venait de déménager et la première chose qu'il avait regardé sur le plan du quartier, c'était le jardin public le plus proche. Il appréciait ce cadre de verdure qui le changeait de son appartement un peu sombre. Lui d'ordinaire si tranquille dans ce lieu fut, pour la première fois depuis qu'il venait là, brutalement interrompu dans sa lecture par un ballon qu'il reçut en plein visage. Un petit garçon accourut se précipita pour le reprendre en s'excusant maladroitement d'un rapide pardon, visiblement pressé de repartir jouer mais poli, il semblait attendre qu'on l'y autorise. De surprise face à cet enfant qui interrompait sa lecture, il lâcha son livre et le vieux marque-page glissé à l'intérieur s'échappa. Il n'y prêta pas attention et reprit machinalement son ouvrage, troublé par cette rencontre inattendue.

Il entendit alors la mère qui criait :
- Jeremy excuse-toi !
Alors il demanda au petit garçon :
-Tu t'appelles Jeremy ?
- Oui, répondit-il dans un souffle.

- Jeremy comment ?

- Lawson dit-il fièrement, Monsieur, je m'appelle Jeremy Lawson et j'ai cinq ans.

Et il partit en courant.

Troublé par cette rencontre inattendue, il se sentit étrangement perturbé et plus du tout l'esprit à lire. Sans plus réfléchir, il se leva et se dirigea vers la sortie du jardin.

La mère du jeune enfant s'était approchée mais n'avait pas eu le temps d'excuser son fils, il était déjà parti. Elle était confuse. Certes Jeremy ne l'avait pas fait exprès, mais elle avait le sentiment qu'il l'avait chassé car le vieux monsieur s'était levé juste après l'incident… Machinalement, elle regarda le banc et ses yeux tombèrent sur le marque-page. Elle se baissa pour le prendre lorsque Jeremy s'approcha d'elle et lança :

- Oh maman, ça doit être au *Monsieur du banc* !

Il avait l'air attristé comme si lui aussi se sentait responsable du départ du vieux monsieur. Elle sourit malgré elle, quelle expression *le monsieur du banc,* mais après tout, c'est vrai qu'il ne connaissait pas son nom ni l'un ni l'autre. Elle prit entre ses doigts le marque-page tout usé et son regard fut attiré par le texte rédigé d'une écriture fine et appliquée : *A vous qui me prendrez dans votre main, sachez que je suis le messager d'une grande solitude.* Elle trembla ! Non, ce message ne s'adressait pas à elle, il était anonyme, elle revit le visage de l'homme se rappela l'avoir vu assis comme désemparé sur son banc après avoir reçu le ballon. Que pouvait-elle faire ? Elle se sentit bien impuissante, regarda de plus près et vit la signature *Maxime Lawson.*

Alors elle prit Jeremy par la main et se mit à courir sans lui donner d'explication, à courir derrière *le Monsieur du banc*. Ne voulant pas qu'il se sente seul, abandonné, elle désirait partager ce secret car tout à coup, elle avait deviné qui il était. Elle qui avait tant espéré qu'un jour leurs chemins se croiseraient.

Il entendit des pas derrière lui, se retourna et vit courir vers lui, la jeune femme et le petit garçon... Sa lèvre trembla, il ne savait que dire mais n'eut pas le temps de chercher.

- Ça fait si longtemps que j'espérais faire votre connaissance ! dit-elle d'une voix chaleureuse.

Alors il sut que c'était bien elle, cette belle-fille qu'il n'avait pas voulu rencontrer, vexé que son fils se soit marié au loin en le prévenant au dernier moment. Il les avait ignorés, avait refusé d'ouvrir leurs courriers, n'avait pas répondu à leurs appels et même le faire-part annonçant l'arrivée de... Jeremy, il avait fait semblant de l'ignorer mais le prénom était resté dans sa mémoire. Jeremy, ce petit bonhomme qui lui souriait à présent, c'était... c'était son petit-fils ...

Elle lui tendit son marque-page qu'il prit d'une main tremblante et dans un souffle, il leur dit :

- Enfin, nous sommes réunis !

A leurs grands sourires, il sentit qu'il était pardonné pour toutes ces années qui tout à coup s'envolaient, tels les petits moineaux du jardin public.

Attirance

Le livre posé sur le banc l'intrigua. Il paraissait à l'abandon. Personne sur le banc, ni aux alentours. Elle était seule. On était un lundi et il n'était que dix heures. Le parc était peu fréquenté en semaine. Attirée par la couverture, elle s'approcha doucement. Ses chaussures crissaient malgré elle sur le gravier et instinctivement, elle essaya d'étouffer au maximum le bruit de ses pas... Bien que très près à présent, elle ne parvenait pas à voir le titre, elle n'apercevait que les couleurs chatoyantes qui l'invitaient à un voyage. Ça y est, elle y était... Elle tendit la main vers l'ouvrage lorsqu'une voix derrière elle la fit tressaillir. Elle se retourna tenant le livre serré contre sa poitrine, la voix du jeune homme qui lui faisait face la prit de court :

- *Il est à vous* ? s'enquit-il avec une pointe d'ironie.

- Je... non. C'est-à-dire...

Elle bafouilla et lança précipitamment :

- Je croyais que c'était le fameux « bookcrossing », vous savez, lorsque des personnes laissent des livres dans un lieu public pour qu'ils puissent ensuite être retrouvés, puis lus par d'autres.

Il sourit :

- Ah oui, l'expression francophone est « livre voyageur » ou « passe-livre »...

Elle reprit de l'assurance et enchaîna :

- Voilà, c'est ça ! Je me suis dit que j'allais enfin pouvoir participer et lire un de ces livres placés sur mon chemin comme un signe du destin.

Elle lui tendit à regret :

- Désolée, je ne savais pas que c'était le vôtre.

Il la regarda visiblement amusé par son embarras… Sa voix chaude et chaleureuse se voulait rassurante :

- Ce n'est plus le mien, il est à tous les lecteurs à présent, j'en suis l'auteur et je voulais juste tester combien de temps mon livre resterait seul, livré à lui-même. Je suis rassuré, je ne me suis éclipsé que quelques minutes et je vois qu'il va être entre de bonnes mains.

Elle le regarda visiblement gênée :

- Je ne peux pas accepter, dites-moi combien je vous dois dans ce cas ?

Il rétorqua :

- L'auriez-vous acheté en librairie ? Un livre d'un auteur encore inconnu …

Elle osa répondre :

- Oui, peut-être… Attirée par la couverture …

D'une main, elle caressa le livre, le titre la fit sursauter : *Il est à vous !*

Espérance

Elle vit seule depuis longtemps déjà. Elle semble avoir renoncé à croire qu'elle pourrait un jour se marier. Le temps a passé depuis qu'elle a quitté le domicile parental pour voler de ses propres ailes, mais sur son visage les marques des jours qui filent n'ont néanmoins laissé que de furtives traces. Elle a accepté son destin ou du moins a-t-elle cessé d'idéaliser son futur.

Le soir dans la cuisine, elle prépare un seul plat, elle met un seul couvert et mange debout contre le réfrigérateur en regardant avec envie la salle à manger qui lui parait trop grande pour elle.

Elle s'est résignée à sa solitude. Les larmes lui montent moins souvent aux yeux à présent, lorsqu'elle regarde à la télévision une comédie dramatique qui finit bien, car tous les films ou presque se terminent sur une note positive, à part celui de la vie.

Parfois, elle se prend à vouloir être cette autre femme, cette femme qui semble réussir tout ce qu'elle entreprend, qui a mari et enfant. Qui de singulier a su devenir pluriel. Elle s'interroge souvent sur le pourquoi des choses, elle se regarde dans la glace et se demande ce qu'elle a bien pu faire pour mériter pareille solitude. Elle qui aux yeux de ses amis ne manque pas d'humour a dû cependant en avoir une bonne dose pour faire face à sa réalité quotidienne. Elle comprend les vieilles dames qui parlent toutes seules, elle serait bien tentée de le faire aussi pour briser le silence qui l'entoure. Difficile de rentrer chez soi sans personne pour vous accueillir et vous lancer un : « Comment s'est passé ta journée ? » Question banale au demeurant, mais si riche de réponses pour celui ou celle qui n'aspire qu'à en donner.

Elle n'a gardé au fond d'elle que l'espoir, qu'elle cache bien, elle ne veut pas qu'on lui prenne, c'est sa possession la plus chère. L'espoir qu'un jour il y ait deux couverts dans la salle à manger.

Mais c'est son secret ; elle n'en parle pas, elle n'en parle plus, et les jours continuent à s'envoler à une vitesse effrayante. Trente-trois ans déjà ! Les amis venus ce soir sont tous en couple, elle est la dernière célibataire du groupe. Ils ont soufflé les bougies avec elle, l'air attendri, ils sont un peu tristes pour elle, mais ne peuvent rien y faire ; alors pour cacher leur émotion, ils ont applaudi et crient bien fort. Ils l'ont comblée d'attentions et n'ont pas parlé de sa solitude ; elle les a fait rire comme à son habitude, racontant anecdotes sur anecdotes, pour que surtout il n'y ait pas le silence, mais leur rire qui la réchauffe le temps d'une soirée. Ils sont repartis les uns après les autres, chaque couple serré l'un contre l'autre, pour oublier bien vite que la porte refermée, elle, elle était seule.

Elle ne leur en veut pas, elle sait qu'ils veulent son bonheur, mais ne savent pas où et quand elle va enfin le rencontrer.

Parfois, elle se met à compter le nombre d'années qu'elle pourrait encore passer à deux et elle sourit, car cela pourrait bien faire plus que trente-trois malheureuses années... Alors, elle ferme mystérieusement les yeux et se dit que l'espérance est un merveilleux cadeau.

Pour un regard

Elle flânait sans but dans la petite ville aux rues étroites et mal pavées. Sans s'en rendre compte, elle se retrouva devant une boutique dont l'enseigne lui attira l'œil : « Au bonheur de Sophie ». Cela lui rappela un livre et elle sourit.

Elle hésita un moment devant la porte du magasin. Autant le nom l'avait attiré autant la vitrine ressemblait à un bric à brac peu tentant. Elle recompta dans sa tête ses maigres économies. Pourquoi ouvrir cette porte alors qu'elle n'avait pas de cadeau à faire pour le moment ?

Elle se sentit soudain bousculée, une femme assez forte la tira de sa rêverie :

- Vous gênez !!

Et elle lui désigna la porte d'un regard courroucé :

- Alors vous entrez ?

Avec le recul, elle se dirait bien des semaines plus tard qu'elle n'avait pas pu faire autrement que de pénétrer dans le magasin.

Elle s'était sentie forcée, n'avait pas osé faire demi-tour. Elle avait posé sa main sur la poignée de la porte. Une petite cloche avait aussitôt averti la responsable du magasin de l'arrivée de clientes potentielles et elle eut l'accueil qu'elle redoutait dans ce type de boutique.

- Vous désirez quelque chose ?

Non elle ne désirait rien, absolument rien. D'ailleurs si cette femme ne l'avait pas interpellée, elle serait restée sur le pas de la porte. Elle répondit dans un souffle :

- Je jette un coup d'œil, merci.

La commerçante la regarda d'un air qu'elle interpréta comme plein de commisération. Ah non ! Elle n'allait pas avoir pitié d'elle en plus. Un instant, elle eut envie de tourner les talons, de quitter ce magasin qui ne lui plaisait pas et de lancer un : *vous devriez ranger votre bazar.* Mais par politesse, elle n'osa pas. Elle essaya de se libérer des autres clients qui semblaient la suivre et regarder les mêmes articles qu'elle. Soudain, elle réalisa que c'était juste le sens naturel de la visite du magasin. Elle s'approcha doucement d'une étagère, son pied effleura une caisse, elle faillit tomber et se raccrocha comme elle put, et c'est là qu'elle le vit.

Son cœur se mit à cogner dans sa poitrine comme l'horloge de mamy Cathy. Elle sentit une grande sueur couler sur son front. Que se passait-il ? Il ne pouvait être là dans cette boutique où elle avait bien failli ne pas pénétrer.

Il la regardait, elle en était sûre mais paniquée, elle n'osait plus le fixer de peur de ne plus pouvoir le quitter des yeux.

Elle se sentit comme prise au piège, tâta machinalement son sac à main, le besoin de se raccrocher à quelque chose, elle ne pouvait pas succomber comme ça, juste pour ce regard empreint de douceur qui semblait l'inviter à valser…

Quelques notes comme fredonnées à son oreille… Et ses bras qui étaient si prêts à se refermer sur lui. Un instant, elle eut envie de s'approcher, sa main se tendit malgré elle vers lui, mais quelqu'un appelait la vendeuse :

- C'est combien cette théière ?

Elle repensa soudain au rendez-vous avec Pauline, au thé qu'elles adoraient choisir sur la jolie carte.

Elle s'excusa :

- Pardon, excusez-moi !

Elle bouscula quelques clientes sur son passage.

Une fois dehors, elle poussa un « ouf » de soulagement ! C'était fini, elle avait résisté. Elle marcha d'un pas qu'elle voulut tranquille pour rejoindre son amie. Le soir, elle ne put s'empêcher de repenser à sa rencontre. C'était ridicule, elle avait plus de quarante ans. Ressentir ce type d'émotion, elle ne pouvait en parler à personne. Tous la trouveraient infantile. Elle ne supporterait pas leur apparente bonhomie : *Ah bon ! C'était si intense que ça… juste en le regardant.* Ils souriraient gentiment d'un air indulgent comme on regarde une petite sœur. Elle se força à ne plus y penser mais cette nuit-là, elle rêva de grands yeux marron et se réveilla avec cette même sensation d'attirance inexplicable.

Elle reprit le lendemain le chemin du magasin bien décidée à faire face et s'il était encore là à planter ses yeux dans les siens sans sourciller. Elle tiendrait bien serrée contre elle son sac à main, ne toucherait à rien dans la boutique pour éviter de casser quelque chose si malgré elle, elle se sentait à nouveau attirée.

Elle ouvrit la porte d'une main ferme, entra, balaya le magasin du regard lança un : « Bonjour » assuré à la vendeuse et se dirigea d'un pas décidé vers le fond du magasin. Comme la veille, son pied toucha à nouveau la caisse en bois. Elle était préparée et ne trébucha pas cette fois.

De nombreux chalands se promenaient dans le magasin qui était bondé, on était samedi et pourtant, il n'était pas parti, il était encore là, c'était un signe, non ?

Il l'attendait, elle sentit peser sur elle le doux regard de ses yeux bruns, elle se baissa, le prit dans ses bras et sans un regard vers les clients qui l'observaient interloqués, elle lui chuchota au creux de l'oreille :

- On est fait pour s'entendre, je t'emmène dans ma maison.

Elle caressa doucement le joli pull écossais dont il était paré. Elle regarda l'étiquette :

« Oscar trente-trois euros » et l'emporta précipitamment à la caisse. Elle tendit sa carte bancaire à la vendeuse qui lui demanda aimablement :

- Vous voulez un paquet-cadeau ?

Elle osa répondre :

- Non merci, il est pour moi.

- Ah ! fit la vendeuse qui ajouta gentiment : C'est vrai qu'il est adorable.

Elle lui adressa un sourire radieux et quitta le magasin d'un pas vif emportant dans ses bras, un ours en peluche aux yeux bruns qui semblait sourire.

Ceux qui les croisèrent se retournaient sur leur passage jurant les voir s'échanger un regard complice.

Le livre de sa vie

Le cahier-livre était posé sur la table de chevet, elle le regarda comme on dévisage un inconnu. Elle se sentait gênée, mal à l'aise dans ce face à face. C'était pourtant elle qui avait décidé d'en faire l'acquisition le matin même, prise d'une impulsion en passant devant la vieille papeterie qu'elle connaissait depuis l'enfance sans pourtant n'y être jamais entrée, de peur de ne savoir choisir et que son embarras ne trahisse sa timidité. Mais, ce matin à près de soixante-dix ans, elle avait osé franchir la porte de la boutique.

Elle s'approcha d'un pas hésitant, tendit la main doucement ; elle fut surprise du contact chaleureux lorsque ses doigts touchèrent la couverture. Elle huma l'odeur du cuir qui lui rappelait tant de souvenirs et s'assit sur son lit. Puis elle feuilleta le cahier-livre et le serra contre elle.

L'aube la retrouva son stylo à la main. Celle-ci semblait glisser sur les pages qui se remplissaient de son écriture serrée. Son visage respirait enfin le bonheur de revivre les épisodes de sa vie qu'elle ne pouvait oublier et dont elle souhaitait tant transmettre le souvenir.

Billet de train cherche son propriétaire désespérément

Il espère vivement se sentir enfin utile... En attendant, billet de train émis par l'agence de voyages puis vite classé dans un dossier, il somnole tristement dans une sous-chemise verte portant le nom de Mademoiselle Valérie Riverolle. Après ce qui lui semble un temps fort long, il est sorti brusquement de sa léthargie par une main froide qui le prend et le donne sans ménagement à une autre, plus petite et fort heureusement chaleureuse.

Il est là, protégé dans la main de sa propriétaire, complètement éveillé à présent. Il sait que dans quelques minutes, il ira gentiment se glisser dans un portefeuille ou directement dans un sac. Enfermé jusqu'au moment décisif où il jouera son rôle, si bref mais plein de tant d'importance. Il s'est fait beau. Il a sorti ses atours, la bande magnétique au dos l'enjolive. Cette bande noire fait décidément "très classe". Côté face, il est un peu gêné par les chiffres en bas à droite. Inflation ! Certes, il se sait important mais tout de même, de là à franchir les trois chiffres pour un simple billet de retour ! Sa propriétaire va marquer un temps d'arrêt et si c'est une personne impulsive, elle risque de l'agiter, ce billet de train à si forte valeur, et de tempêter contre les chemins de fer. Il aimerait se faire tout petit mais n'a aucun pouvoir pour se rétrécir. Il en est quitte pour patienter et espérer qu'il n'aura pas à se justifier. D'ailleurs, comment le pourrait-il ? Il est muet, et pourtant il aurait tellement envie de s'exprimer, de commenter. A défaut, il se complaît dans un long monologue.

Il est soudain tiré de ses rêveries solitaires par une main qui lui semble bien impatiente. Il ne se sent pas regardé, observé... Il est tout dépité de se retrouver si vite glissé avec un vulgaire billet d'avion, quelle cohabitation !

Il est vrai qu'il est à présent dans un aéroport, les annonces des prochains vols en témoignent. Il se sent soudain tiré précipitamment hors du sac, ouf un peu d'air ! Il n'a pas le temps de respirer qu'il tombe : aïe ! Les mots ne s'entendent pas et pourtant, il a crié si fort dans l'aéroport. Bang ! Par terre... Quelle chute ! Mais surprise, il n'est pas ramassé ! Ça alors, on l'a laissé par terre, comme ça. Jamais l'agence de voyages, à qui il doit sa naissance, ne l'avait prévenu qu'une telle chose pourrait se produire. Il en est tout retourné... Tout à coup, une ombre s'approche, une énorme chaussure se pose sur lui. Aïe ! Mais personne ne l'entend. Une autre, cette fois-ci, c'est un talon pointu qui se plante au beau milieu de lui ! Ce défilé de chaussures n'en finit pas. S'il pouvait pleurer, il en sortirait des larmes de désespoir. Et Valérie Riverolle que fait-elle ? Où est-elle ? Elle ne va pas l'abandonner maintenant, c'est trop tôt ! Il connaît son nom, il va la retrouver. Des heures à l'attendre... et rien. L'espoir s'amenuise. Il aurait aimé pourtant ne pas finir comme cela, en vulgaire bout de papier, piétiné, inutile. Si seulement il savait qu'à des kilomètres de l'aéroport, une jeune femme déjà très loin, dans un autre pays a réalisé qu'il n'était plus là. Elle l'a cherché partout, a alerté, l'aéroport, la police, la gare, l'agence de voyages. Elle a retourné son sac, ses livres, sa valise et s'est assise dans sa chambre d'hôtel, désemparée, se sentant toute démunie : elle qui avait prévu de revenir en train, la voici sans billet de retour.

Il aurait été réjoui : jamais billet n'a pris tant d'importance, n'a sollicité tant de recherches.

Elle a fait émettre un autre billet en regrettant le premier. Elle y a pensé, y pensera souvent, regrettant sa précipitation...

Elle aurait tant aimé le garder dans sa main, il aurait tant aimé rester dans la sienne.

Les gestes ont la parole

Marielle n'entend pas la pièce de monnaie qui tombe sur le sol, le bruit d'une porte qui s'ouvre brusquement ne la fait pas sursauter. Marielle a un an, le médecin qui l'examine à l'air grave quand il se tourne vers ses parents.

Elle ignore pourquoi sa maman s'est mise soudain à pleurer dans les bras de papa qui tente de la consoler et elle n'a pas compris quand elle a hurlé : " Pourquoi elle ? "

Elle ne sait pas que depuis cet entretien chaque jour, sa maman espère un miracle et ne pense plus qu'à sa fille, qu'elle se répète sans cesse intérieurement : " On va réussir à trouver une solution." Chaque jour, elle lit avidement tout ce qui pourrait lui donner des idées, elle n'a plus le temps de faire quoi que ce soit d'autre, elle a même cessé de travailler et ne s'intéresse plus qu'à la lecture de la presse médicale et aux rencontres avec des spécialistes. Tout tourne désormais autour de Marielle qui est devenue sa seule et unique préoccupation et lorsque ses proches lui disent gentiment : « Tu devrais penser un peu à toi et te divertir », elle les regarde et ne répond même pas, elle se dit juste qu'ils ne comprennent pas que rien d'autre que Marielle n'a d'importance. Elle serre Marielle très fort contre elle dans ces moments-là, lui montre son cœur et lui fait signe qu'elles y sont toutes les deux et Marielle se sent si bien blottie contre sa maman, mais elle ne s'explique pas cette tristesse autour d'elle. Marielle est heureuse, pleine de vie et elle voudrait qu'ils cessent de pleurer, que leurs regards ne soient plus aussi tristes. Elle a le sentiment d'être sans cesse observée et cela la gêne de plus en plus au fil des mois qui passent. Elle s'impatiente face à tous ces médecins que Maman l'a emmenée voir et ne comprend pas l'utilité de ces visites sans fin qui ne débouchent sur rien. Elle n'en retient que leur petit geste amical en partant comme pour s'excuser de leur impuissance.

La compassion, Marielle l'a connue sans savoir ce que c'était. Instinctivement, elle l'a reconnue dans les regards affligés tournés vers elle. Et puis, elle leur en veut à ces médecins qui osent ainsi attrister sa Maman car elle ressort toujours de leurs cabinets les yeux pleins de larmes, en serrant la petite main de Marielle comme si elle risquait de se perdre. Alors Marielle se fâche, elle souhaite de tout cœur que sa Maman ne pleure plus, elle lui prend son visage entre ses mains et lui caresse doucement la joue. Marielle lui fait son plus grand sourire jusqu'à ce que sa maman lui sourit à son tour. Maman remue alors ses lèvres mais Marielle ne comprend pas pourquoi. Et cela l'intrigue beaucoup que toutes les personnes autour d'elle aient la même manie de remuer leurs lèvres comme si cela signifiait quelque chose. Marielle a bien essayé d'imiter sa Maman, mais celle-ci lui a lancé alors un regard si apitoyé qu'elle s'est sentie misérable. Marielle se met parfois à battre des mains, cela fait de l'air sur son visage et cela l'amuse beaucoup, mais elle a remarqué que tous autour d'elle sursautaient et elle n'en comprend pas la raison : c'est pour elle qu'elle fait du vent alors pourquoi se retournent-ils ?

Les années filent, Marielle court, joue et danse en regardant le film « Fantasia ». Souvent, elle tire la chemise de Papa pour qu'il se retourne et la prenne dans ses bras. Elle trouve que ses parents viennent souvent à l'improviste l'observer dans sa chambre. Parfois, elle joue avec sa poupée et sent soudain une présence, elle se retourne et ils sont là, appuyés au chambranle de la porte avec toujours ce regard attristé qui l'inquiète. Maman a l'air surpris qu'elle se retourne, c'est pourtant simple elle savait qu'ils étaient là, elle l'a senti, c'est tout. Lorsque la porte s'ouvre, cela fait un petit courant d'air frais sur son bras et dans son dos.

La nuit, elle a parfois l'impression d'étouffer, elle appelle et personne ne vient quand elle le souhaite. Ils viennent toujours quand elle ne s'y attend pas, pourtant elle crie fort mais elle a l'impression de ne crier que pour elle.

Elle a bien vu lorsque le chien remue la queue, Maman met son doigt sur la bouche et le chien s'assoit gentiment mais Marielle se demande bien pourquoi Maman réagit ainsi, ça ne gêne pas que le chien ait sa gueule ouverte… Maman met ses mains sur ses oreilles lorsque les avions passent au-dessus du jardin, pourtant c'est joli ces traînées blanches dans le ciel. Marielle a bien essayé de lui demander pourquoi elle faisait cela mais Maman n'a pas compris sa question, elle a haussé les épaules d'un air impuissant puis a pris Marielle sur ses genoux pour la câliner. Heureusement, c'est plus facile avec Papy et Mamy ; ils ont l'air de mieux comprendre ses questions. Papy lui fait de jolis dessins et ils discutent beaucoup tous les deux avec leurs crayons. L'autre jour, c'était la fête à la maison, il y avait du monde et ses parents se sont mis à danser, Marielle a applaudi très fort et puis elle a voulu faire comme eux mais elle ne comprenait pas d'où ils tenaient tous ce même rythme. Elle s'est alors allongée par terre et a plaqué son oreille sur le sol. Elle a entendu comme un petit battement, une légère vibration, alors elle s'est levée d'un bond et a essayé de retranscrire avec ses jambes le petit battement qu'elle avait entendu. Mais pourquoi Papa a semblé soudain si ému ? Pour quelle raison Maman est venue la prendre dans ses bras pour la faire danser avec eux, blottie contre eux comme pour la protéger ? Marielle a profité d'aller se laver les dents ce soir-là, pour observer du haut de ses quatre ans dans le miroir de la salle de bains. Elle a observé avec critique ce visage rond qui lui est familier, elle a cherché à comprendre en quoi elle était différente. Elle n'a rien vu : ses oreilles, ses cheveux, tout lui a semblé si semblable aux autres petites filles qu'elle croise dans la rue. Alors elle a invectivé ce miroir qui ne lui fournit pas de réponse et ses lèvres ont remué pour lui parler, et soudain Marielle a compris que quelque chose lui échappait, ses lèvres remuaient dans le vide… et un grand sentiment de solitude l'a étreint.

Ce soir-là, Marielle a regardé de la fenêtre de sa chambre, les étoiles dans le ciel. Elle s'est sentie rassurée par leur présence et a commencé à parler aux étoiles, la première qui brillait très haut dans le ciel lui a répondu, puis la deuxième, la troisième… Marielle s'est mise à leur parler chaque soir et ce long bavardage avec les étoiles a comblé ce sentiment de solitude.

Aujourd'hui Marielle est grande, elle a cinq ans et a eu un superbe cartable rouge pour aller à l'école. Très fière, elle a préparé ses petites affaires : crayons, cahier, tout est flambant neuf. Elle a un peu peur, Marielle, de retrouver d'autres enfants, c'est son premier jour d'école, et elle a un petit peu mal au ventre ce matin. Maman l'a emmenée plusieurs fois devant l'école pour la familiariser avec le cadre mais là, c'est le grand jour et c'est très différent. Elle est triste à l'idée d'être séparée de sa Maman, elle a compris que l'école n'était pas un lieu pour les parents et elle craint la séparation. Et puis, les autres enfants que Papy lui a dessinés avec des cartables à la main eux aussi ont un grand sourire sur leurs visages, mais est-ce qu'ils seront vraiment gentils ? Papy dessine toujours des personnes heureuses mais comment sont-ils ces enfants-là ? Car parfois, ses parents ont des amis qui viennent avec leurs enfants et Marielle joue avec eux mais à chaque fois inévitablement, il la regarde et se mettent à bouger leurs lèvres comme les parents. Ils sont vraiment assommants avec cette manie. Mais le pire, c'est qu'elle a bien essayé de les copier, mais cela s'est révélé infructueux. Bien sûr, ils s'amusent mais Marielle se sent différente, eux se regardent et rient parfois rien qu'en remuant leurs lèvres et cela n'est pas drôle du tout aux yeux de Marielle qui les surprend à échanger quelque chose qu'elle ne saisit pas.

Elle les attrape alors par le bras pour les forcer à la regarder dans les yeux puis elle leur montre avec ses mains. Les yeux, les mains sont autant de moyens d'expression qui lui permettent de bien communiquer mais si seulement elle parvenait à percer le secret des autres enfants.

Marielle tient son cartable d'une main et la main de sa maman de l'autre. La directrice de l'école est là pour accueillir la petite nouvelle. C'est la femme aux cheveux grisonnants, au visage doux qui va au-devant d'elle et Marielle se sent un peu soulagée. Pourquoi lui parle-t-elle avec les mains ? Elle ne remue ses lèvres semble-t-il que pour accompagner ses gestes et fixe Marielle droit dans les yeux comme pour s'assurer qu'elle comprend.
Elle lui montre la cour d'un geste large, puis lui prend la main et l'entraîne avec elle d'un pas décidé. Sa Maman les suit ce qui rassure Marielle, mais quelque chose se passe.

Cette femme ne ressemble à aucune autre rencontrée précédemment : elle montre tout ce qu'elle voit, la fait entrer dans une salle de classe mais au lieu de se contenter de montrer la pièce, elle lui prend la main et lui fait toucher le banc, le pupitre et mais oui elle lui fait signe que là, à cet emplacement précis ce sera sa place. Elle prend une feuille de papier sur le bureau de la maîtresse et dessine en quelques coups de crayon, une petite fille aux cheveux longs et Marielle comprend que ce sera sa voisine. Et puis surtout, elle ne cesse d'observer les expressions de Marielle et elle semble deviner dès que celle-ci a une interrogation, elle lui montre même les toilettes avec un grand sourire et lui montre le dessin apposée à la porte, il y a une petite fille dessinée sur l'une des portes, un petit garçon sur l'autre.

Marielle retourne dans la cour avec la directrice dont elle n'a pas lâché la main. Maman l'embrasse et lui fait signe qu'elle va maintenant partir. Marielle lui plaque un gros baiser sur la joue et regarde se fondre dans la joyeuse cohue des enfants qui les entourent. Soudain, Marielle prend conscience qu'autour d'elle tous les enfants se font des signes, certains rient tout en faisant de grands ou petits gestes, d'autres semblent très sérieux comme à l'écoute attentive de leurs petits camarades. Marielle est stupéfaite, elle les observe ébahie. Alors elle lâche la main de la directrice, laisse tomber son cartable et court après sa Maman qui s'en va lentement semblant porter sur des épaules, un poids trop lourd pour elle.

Elle la rattrape et la force à revenir sur ses pas. Elle se place alors à côté d'une petite fille qui fait plein de gestes à une autre et invite sa maman à se mettre en face d'elle. Elle lui montre les deux petites filles et essaie de les imiter.

Sa maman lui sourit malgré ses yeux rougis et les imite à son tour. Ce jour-là, Marielle a compris que, certes, elle aura toujours ses amies les étoiles, mais qu'enfin elle pourra avoir un vrai dialogue avec ceux qui l'entourent. Elle sent qu'elle ne se sentira plus jamais aussi différente car tous les enfants qui sont dans cette école lui ressemblent. Les gestes autour d'elle sont le miroir d'une différence qu'elle accepte. Maintenant, elle est impatiente d'acquérir la dextérité qui lui permettra de communiquer car elle n'a pas fini de parler à sa Maman qui lui sourit maintenant avec ce regard soudain plein d'espoir.

Dorénavant, le miroir ne sera plus jamais muet. Alors Marielle est si heureuse qu'elle prend la main de sa maman lui montre son cœur et lui fait le signe un avec la main, puis elle lui montre son cœur à elle et fait le signe deux. Sa maman sourit enfin, un vrai sourire celui que Marielle espérait tant. Elle a compris, elle va pouvoir prendre le temps à présent de se détendre et penser un peu à elle tandis que Marielle va prendre un nouvel envol, et trouver enfin la liberté de parole.

Quelques instants de liberté

Le réveil sonne, mes feuilles frissonnent, mes fleurs sursautent. Encore un matin, le jour se lève et je suis déjà fatigué. Elle va encore recommencer à m'interroger ! Elle s'étire, je l'entends s'éveiller, ses neurones se mettent en place… Non s'il vous plait ! Fini les « qui suis-je ? » « Où vais-je ? »

A quinze ans, je veux bien, mais à trente ! Elle m'épuise… Qui aurait cru qu'elle allait entretenir les questions…

Et c'est un sacré sport, il faut être en alerte, vif, rapide, répondre pour clouer le bec à la prochaine question qu'elle a déjà sur les lèvres… Et si encore elle se reposait dans la journée, elle pourrait par exemple s'asseoir confortablement quelques minutes, sommeiller doucement, je pourrais alors lui faire glisser devant les yeux des images de fleurs, un soleil chaud, la mer, la détente quoi… Mais elle ne me laisse pas le temps de chercher dans mon album photos, déjà elle m'apostrophe, m'exhorte à émettre une réponse.

Pourtant ce n'est pas faute de m'essayer à lui donner un aperçu, fort bref, j'en conviens de cet autre espace que je pourrais être pour elle ; non elle me confond avec sa conscience et pas de chance, elle est en représentation tous les jours… Pas de relâche, dimanche et jours fériés le spectacle continue, spectateur dans la salle ou non.

Je l'envie tiens le jardin d'à côté, si je tendais un peu l'oreille, je suis sûr que j'entendrais le bruit de la rivière qui coule doucement, les oiseaux se posant de branche en branche.

Ah ! Il ne connaît pas son bonheur d'être le jardin intérieur de cet homme tranquille qui fume sa pipe au coin de la cheminée et trouve ses réponses dans le journal du soir. Je lui proposerais bien d'échanger un jour sa place contre la mienne. Ah ! il verrait comme la vie d'un jardin intérieur peut être mouvementée et il cesserait de prendre sa petite voix douce pour me dire :

- Comment vas-tu ce matin ?

Mais je suis condamné à n'être que le jardin intérieur de cette femme, nous sommes nés ensemble, nous avons grandi ensemble, nous sommes un vieux couple à présent, inséparables, rien ne peut nous dissocier, je m'éteindrai avec elle.

Il ne me reste aucun échappatoire, ma vie est tracée d'avance, je suis l'accompagnateur, je me promène avec elle depuis si longtemps… Parfois que je dois avouer prendre plaisir à nos échanges.

Nos discussions me réchauffent et je suis pris par un sentiment d'utilité. Que ferait-elle sans moi ?

Je prends un plaisir immense à jouer ce rôle de confident, à exister pour elle, avec elle, à être le témoin privilégié de ses interrogations, de ses aspirations… Il m'arrive néanmoins de m'échapper quelques instants, j'imagine avec envie les autres jardins intérieurs de ses amis si paisibles, si détendus.

Leurs jardins sont certainement de véritables havres de paix dont les fleurs s'épanouissent dans la douce quiétude qui les entoure tandis que les miennes se fanent faute d'être entretenues... alors, je me prends quelques secondes à rêver et c'est mon plus grand moment de liberté.

La page oubliée

Elle avait juste une petite ride au coin de l'œil, si je ne l'avais pas si longuement observée, je n'y aurais même pas pris garde. Le temps semblait ne pas avoir eu de prise sur elle.

Elle était absorbée par la lecture d'un livre comme lorsque nous étions lycéens. La tasse de thé devant elle semblait avoir pris sa place habituelle à l'aise entre le stylo, une feuille de papier et le livre recouvert d'une couverture en cuir vieillie par les années. C'était comme si chaque chose avait gardé la même importance qu'auparavant lorsque nous refaisions le monde ensemble à la sortie de nos cours de terminale. Elle rêvait alors d'être journaliste prenant des notes de tout ce qui lui venait à l'esprit. Quel métier avait-elle exercé ? Avait-elle pu concrétiser ses aspirations ? J'aurais tant souhaité le savoir.

Elle ne m'avait pas reconnu lorsqu'elle était entrée dans le café ou du moins n'avait pas semblé prêter attention aux visages autour d'elle, juste soucieuse de trouver une place libre. Elle s'était installée à quelques tables de moi.

J'avais sursauté à son entrée, lorsqu'elle avait poussé la porte, je l'aurais reconnue entre mille avec sa grande écharpe, ses joues rosies par le vent et, ce regard si chaleureux qui m'avait tant attiré.

Je l'avais dévisagée anxieusement. J'avais changé avec mes cheveux blancs et les lunettes que j'étais contraint de porter à présent, je notais qu'elle n'en portait toujours pas...

Elle était si absorbée par sa lecture, qu'elle ne relevait la tête d'un air distrait que lorsqu'elle buvait une gorgée de thé. Elle jetait alors sur ce qui l'entourait un regard étrange comme si elle se demandait ce qu'elle faisait là.

Elle avait gardé comme auparavant cette expression sur le visage lorsqu'elle lisait, elle était si imprégnée de sa lecture que rien d'autre n'existait et j'en étais à envier un tel intérêt. Était-elle en ce moment en Égypte, au cœur d'un roman policier ou bien en plein drame familial en Vendée ? J'essayais d'imaginer le titre du livre bien caché à l'abri des regards.

Je n'osais bouger de peur de la perdre, de l'effrayer mais je ne pouvais rester ainsi et prendre le risque qu'elle parte tout à l'heure sans même savoir que j'étais là, si près d'elle. C'était décidé, j'allais me lever, j'allais m'approcher et lui dire :

- Bonjour Sandra, c'est moi.

J'étais sur le point de le faire, j'étais prêt à me lancer courageusement lorsque son regard croisa le mien.

Je restais assis sans bouger n'osant briser ce moment où elle allait, je l'espérais tant au fond de moi me reconnaître même après toutes ses années ; n'avais-je pas été son premier amoureux, celui qui lui avait chuchoté à l'oreille : « Je t'aime » dès l'école maternelle. N'avionsnous pas été inséparables en primaire puis au lycée ? Comment avais-je pu ensuite partir dans une autre ville ?

Continuer mes études ailleurs… Comment avais-je pu croire que la page s'était refermée ?

Croiser son regard me faisait rouvrir le livre de ma vie. Et si elle ne me reconnaissait pas après toutes ses années… Mon cœur battait une chamade qu'il n'avait pas connue depuis fort longtemps et je craignais qu'il ne me trahisse.

Elle ne disait pas un mot, soutenait mon regard, elle ne fit aucun signe me permettant de penser qu'elle m'invitait à la rejoindre. Soudain, une larme, une seule perla au bord de ses cils et coula doucement sur sa joue. Je la voyais, malgré la distance qui nous séparait dans ce café, si bruyant quelques instants auparavant et qui tout à coup semblait être tombé dans le plus grand silence.

Cette larme bouleversa ma vie, les années s'envolèrent, je compris qu'elle ne m'avait pas oublié, je sus que je n'avais jamais cessé de l'aimer.

La plume masquée

La dernière ligne, le dernier mot, elle y était. Elle venait tout juste de vérifier la pagination, et elle poussa un « ouf » de soulagement en constatant qu'elle avait bien respecté le nombre de pages réglementaire. Il ne lui restait plus qu'à imprimer, relire une dernière fois et poster le document dans une grande enveloppe kraft en y insérant les trois exemplaires demandés par le jury du concours de Nouvelles Policières. Pour la énième fois, elle relut longuement le règlement du concours. Elle souhaitait s'assurer que rien ne manquerait. Elle respectait à la lettre les consignes, sachant pertinemment qu'au moindre écart son texte ne serait pas pris en compte. Un instant, elle s'affola à l'idée du nombre de concurrents qui devaient comme elle préparer leur envoi pour poster leurs textes dans les délais.

Mais son caractère optimiste prit le dessus, elle avait fait de son mieux, à présent la balle était dans leur camp, elle n'allait pas passer les semaines à venir à se torturer en attendant le résultat.

D'un geste décidé, elle lança l'impression, relut une dernière fois son texte et glissa les exemplaires dans l'enveloppe. Il n'y avait plus qu'une attestation à joindre et elle allait pouvoir fermer le pli.

Le téléphone sonna:

- Allô, Marielle ? La voix chaleureuse au bout du fil lui était familière.

- Oui ! répondit Marielle encore plongée dans ses écrits et qui avait du mal à mettre un nom sur la voix de son interlocuteur.

- C'est Laure à l'appareil, tu veux venir dîner ce soir à la maison ?

- Ah Laure ! Je suis si contente de t'entendre, excuse-moi j'avais la tête un peu ailleurs. Ta proposition tombe à pic, je viens de terminer un concours de nouvelles que je dois poster avant dix-huit heures et après je suis tranquille. Ton dîner est une excellente initiative, j'avais envie de me changer les idées.

- Super ! répondit Laure toujours très spontanée : Alors à vingt heures à la maison. Tu verras, j'ai invité quelques amis...

Marielle raccrocha le combiné et regarda rêveusement autour d'elle. Ah ça ! C'était des amis qui avaient comme un sixième sens et vous appelaient juste au bon moment, discrets dans les périodes chargées et présents quand on avait besoin d'eux. Laure habitait juste à côté, elle n'aurait même pas à prendre le métro. Marielle sourit en pensant aux quelques amis invités par Laure, la connaissant, ils allaient se retrouver à une dizaine voire plus... Laure adorait recevoir du monde et pour elle, un dîner impliquait forcément un assez grand nombre de participants. Marielle était plus réservée, elle se satisfaisait de plus petits comités qui lui permettaient d'avoir des conversations plus profondes, lui semblait-il, qu'entourée de la petite bande fort bruyante. Mais ce soir, c'était exactement ce qui lui fallait ; de la musique, des rires pour compenser sa retraite obligée qui ne lui avait pas donné d'autres échanges qu'avec son petit héros. A cette évocation, le visage de Marielle s'éclaircit d'une grande tendresse ; le petit Romain de ses nouvelles avait grandi au fil des années mais il restait toujours au cœur des aventures qu'elle avait plaisir à raconter. A chaque nouveau concours, elle essayait pourtant de s'en séparer mais il revenait sous une forme ou une autre, acteur principal ou second rôle, elle retrouvait ce personnage qu'elle avait créé et qui de sa voix haute et claire s'imposait à elle.

Sur le clavier parfois, elle sentait ses doigts s'envoler, les mots s'enchaînaient, filaient plus vite que sa pensée et alors, le visage malicieux du petit Romain du haut de ses neuf ans dans la nouvelle qu'elle s'apprêtait à envoyer, la regardait et ironique, lui disait :

- Tu vois, tu ne peux pas te passer de moi, même lorsqu'il ne s'agit pas de nouvelles pour enfants, tu me donnes la parole !

Et puis, il lui faisait un clin d'œil malicieux et disparaissait mystérieusement entre les lignes. Alors, elle le rappelait et tapait vigoureusement : R-O-M-A-I-N. Elle ouvrait les guillemets et lui redonnait la parole un instant supprimée. Elle l'avait fait grandir lorsqu'elle avait rédigé sa dernière pièce de théâtre car elle écrivait aussi des pièces de théâtre. Soudain, il avait eu quinze ans, elle n'avait pas vu son enfance filer et elle avait retrouvé Romain sous les traits d'un jeune ado. Il avait souri lorsqu'en campant ses personnages, elle avait un instant hésité sur le prénom de l'acteur principal. Elle avait tapé Richard, mais l'inspiration n'était pas venue, alors timidement, n'osant y croire, elle avait tapé Romain et le texte de la pièce avait été rédigé en quelques jours. Le dialogue avec Romain ne semblait pas prêt de s'achever tant que l'écriture du dernier acte n'était pas terminée. Pour couper court à ses rêveries, elle décida de se préparer un thé, l'appel téléphonique l'avait distraite de sa tâche et elle prenait soudain conscience qu'elle était restée plusieurs heures d'affilée devant son ordinateur sans prendre le temps d'une petite pause. Elle sourit intérieurement en pensant que cette activité qui lui était si chère la voyait bien plus concentrée que lorsqu'elle préparait un projet pour son travail…

La sonnette de la porte d'entrée la fit sursauter, elle ouvrit avec précipitation et se retrouva nez à nez avec Caroline, grande, blonde, élancée, un brin trop maquillée et qui semblait très à l'aise, perchée sur ses hauts talons.

- Que fais-tu ici Caroline ?

- Je passais dans le coin et j'ai pensé qu'une petite visite te ferait plaisir.

- C'est que …

- Je te dérange ?

Caroline avait déjà avancé le pied dans l'entrebâillement de la porte et poussait Marielle sans ménagement.

- Tu as bien quelque chose de frais à boire à m'offrir. Je suis épuisée par mon voyage.

- Caroline, je n'ai pas beaucoup de temps à t'accorder, excuse-moi.

Elle regarda son bracelet-montre et ajouta :

- Il me reste très peu de temps avant d'aller à La Poste et j'ai un envoi très important à expédier.

Les pas de Caroline l'avaient conduite à la salle à manger et elle avisa aussitôt un fauteuil.

- Ne t'inquiète pas dans dix minutes tout au plus, je serais repartie.

Marielle poussa un profond soupir et se dirigea à regret vers la cuisine pour y chercher des verres et des boissons. Caroline Malo n'était pas une amie, à peine une relation, elle faisait partie du cercle élargi des copains et à ce titre partageait quelques soirées avec les amis de Marielle.

Tandis qu'elle revenait chargée de jus d'orange et de thé glacé, Marielle se maudissait intérieurement de ne pas avoir été plus ferme en refusant à Caroline d'entrer. Mais elle balaya bien vite cette idée, cela ne lui ressemblait pas de mettre qui que ce soit à la porte et puis après tout elle pouvait bien prendre quelques minutes avant d'aller à La Poste.

Elles échangèrent quelques banalités, Marielle essayait de cacher de son mieux sa contrariété mais cherchait vainement un sujet de conversation. Soudain Caroline s'esclaffa :

- Au fait il faut que je te dise, j'étais chez Laure tout à l'heure, il paraît que tu écris ?

- C'est Laure qui t'en a parlé ?

- Oui, bien sûr, je n'étais pas au courant de ce hobby.

- Mais ce n'est pas juste un hobby, s'écria Marielle, c'est... Les mots ne lui venaient pas... et puis qu'avait-elle besoin de se justifier devant Caroline... C'était le comble. Caroline s'imposait, venait à l'improviste chez elle et puis l'accusait… enfin non cela n'allait pas jusque-là mais Marielle avait perçu dans sa voix un certain dédain.

Le silence s'installa entre elles ; Marielle ne savait pas comment reprendre la conversation ; décidément cette fille ne lui était pas sympathique, elle se demandait qui avait bien pu l'introduire dans leur cercle d'amis. Elle ne s'en souvenait pas ; soudain Caroline avait partagé certaines de leurs soirées… Caroline la fixait à présent d'un regard étrange

- Allons, ne te vexe pas, c'est très bien, d'écrire… Allez en fait je voulais te faire la surprise de passer prendre ton pli, Laure m'a dit que tu devais aller à La Poste avant dix-huit heures et cela tombe bien car moi aussi, alors tu vois tout s'organise, tu me donnes ton enveloppe et je te la poste.

Marielle la regarda interloquée :

- C'est très gentil de ta part mais je vais y aller moi-même.

- Allons Marielle ! Je te dois bien ça, je passe sans prévenir, à l'improviste comme ça. Je te dérange, tu m'offres à boire. Non c'est un plaisir que de te rendre service. D'ailleurs Laure m'avait dit que cela t'arrangerait sûrement que j'y aille.

- Ah ! Elle t'a dit ça.

Marielle se mordit les lèvres : Comment refuser ? Elle ne voyait pas de raison valable pour refuser ce service. Pourtant tant de sollicitude la gênait mais si Laure elle-même pensait que c'était une bonne idée, elle ne savait plus quoi rétorquer.

Elle se dirigea à regret vers sa chambre, sur le pas de la porte elle hésita une fraction de seconde prit l'enveloppe, se tourna vers Caroline :

- Tu as quelques minutes, je dois rajouter l'attestation ?

- L'attestation ? s'étonna Caroline

- Oui, c'est une attestation qui indique tes coordonnées, ton pseudonyme et le titre de ta nouvelle et puis tu déclares que ton texte est entièrement original et inédit. Bon, je finis cela, je ferme l'enveloppe et je reviens dans quelques minutes.

- Mais tu ne dois pas faire des copies ? interrogea vivement Caroline.

- Non, j'ai tiré les exemplaires directement du PC. Par contre, tu as raison, il faudrait que je fasse une copie de l'attestation pour en garder une trace dans mon dossier. Heureusement que tu m'en parles par contre, le problème c'est que …

- C'est quoi ? l'interrompit brusquement Caroline.

- Eh bien, je n'ai pas de photocopieur ici.

- Ne t'inquiète pas, il y en a un à La Poste. Écoute, il te suffit de glisser l'attestation dans l'enveloppe, de ne pas la fermer et je te redonnerai la copie ce soir. Laure m'a également invitée à dîner.

- Bon, eh bien parfait !

Quelque chose dérangeait Marielle mais elle n'aurait su dire quoi. Elle tendit comme à regret le document, Caroline s'en empara et le glissa aussitôt dans son grand sac.

Marielle se sentait dépossédée de son bien, un instant elle fut tentée de le reprendre mais elle n'osa pas.

- Je…

La voix un peu tremblante, elle ajouta :

- Je te remercie de veiller à ce que le document parte avant dix-huit heures, il faut le tampon de La Poste et pour être plus sûre remets le directement au guichet. Marielle se dirigea vers l'entrée et prit son sac à main qui était près de la porte, je te donne de l'argent pour l'envoi. Voilà cinq euros lui dit-elle en lui tendant un billet.

Caroline prit vivement l'argent et lança d'une voix toute guillerette :

- OK, je te rendrai la monnaie ce soir. Bon, eh bien, à tout à l'heure Marielle !

La porte claqua ; elle était partie, Marielle se retrouvait seule, elle se sentait comme vidée tout à coup. Dépouillée et triste. Elle s'en voulut et commença à se préparer pour le dîner. La soirée fut une réussite. Laure avait ouvert largement l'invitation et ils s'étaient retrouvés à une quinzaine, la danse avait succédé au repas. Marielle n'avait qu'entr'aperçu Caroline quelques minutes au salon mais à peine Marielle avait-elle eu le temps de lui demander si tout s'était bien passé, Caroline avait acquiescé et jeté sur un ton qui lui avait semblé ironique un :

- Et à l'heure en plus !

Marielle, qui s'était sentie comme redevable, n'avait rien osé ajouter et encore moins s'enquérir de la précieuse copie de l'attestation au milieu des rocks enfiévrés. Elle espérait que Caroline lui remettrait le document en partant. A deux heures du matin, elle avait dû se rendre à l'évidence ; Caroline était partie sans même lui dire au revoir.

Les jours passèrent, l'activité professionnelle de Marielle ne lui laissait que peu de temps libre, elle n'eut pas l'occasion de revoir Caroline. Marielle reçut cette année-là plusieurs prix : mention à un concours de monologue, prix de la ville …

Elle avait caché bien au fond de sa mémoire le concours de nouvelles policières. Elle n'osait pas appeler de peur d'entendre une réponse qui l'aurait attristée. Plusieurs mois s'écoulèrent. Un samedi alors qu'elle profitait de sa matinée de détente, installée douillettement dans son lit, en écoutant distraitement la radio, elle entendit une phrase qui la fit sursauter. Non, puis cette phrase aussi, mais c'était impossible ! … Elle s'assit sur son lit et augmenta le son.

- Oui, répondit Romain, on va atteindre l'Ile du Levant.

Mais c'était son Romain, le petit garçon qu'elle avait vu grandir dans ses écrits et qui avait un sens bien à lui de la répartie au fur et à mesure qu'elle le laissait s'exprimer. Son petit héros, Romain, elle l'entendait sur les ondes, sans même en avoir été informée au préalable. Elle n'était pas avec lui pour ce grand jour où son public de lecteurs allait devenir auditeurs. La panique l'envahit aussitôt reprise par une certitude, elle avait un moyen d'intervenir, elle allait montrer l'autorisation qu'elle avait complétée.

Il fallait qu'elle appelle la radio et leur demande pourquoi ils ne l'avaient pas prévenue qu'ils allaient diffuser sa nouvelle. Et puis le jury du concours ne lui avait même pas indiqué qu'elle était parmi les lauréats du concours.

Elle chercha rapidement dans l'annuaire sans succès et elle se résolut à appeler les renseignements, tandis que Romain continuait à décrire largement les vents et les marées, soudain elle entendit le cri de joie du petit Romain :

- Papy, j'ai retrouvé mon bateau.

Le vol du bateau était éclairci, on avait retrouvé le coupable, Romain était radieux plus que deux lignes et la nouvelle qu'elle avait écrite allait s'achever sur une note heureuse comme elle aimait le faire.

Elle n'avait toujours pas le responsable de l'émission en ligne, ce n'était pas possible. Alors qu'elle s'impatientait, elle entendit la voix du présentateur annoncer :

- Vous venez d'avoir le plaisir d'entendre une nouvelle de Caroline Malo qui a gagné le *prix de la nouvelle policière radiophonique 2000*.

Marielle en lâcha le combiné, non, ce n'était pas possible. Caroline Malo, mais c'était impossible, il s'agissait de son texte à elle. Elle allait leur dire, elle allait crier la vérité, elle allait leur montrer la preuve, mais bien sûr, elle allait leur montrer l'attestation et puis soudain elle sentit comme un grand froid l'envahir. Caroline ne lui avait jamais redonné la copie de l'attestation. Elle n'avait pas de preuve que le texte fut d'elle, elle n'avait rien en sa possession si ce n'est le texte rédigé en brouillon qu'elle avait conservé avec une disquette qui depuis dormait dans un tiroir en attendant le résultat du concours.

Elle était complètement prise au dépourvu, elle ne savait que faire face à une telle situation, un sentiment d'injustice lui enserrait la gorge à présent. Paniquée, elle réalisa soudain qu'elle n'avait même pas reçu de courrier du jury du concours indiquant qu'elle n'était pas retenue, elle n'avait rien pour prouver qu'elle avait participé au concours. Alors elle décida de se battre pour Romain, pour revendiquer son droit : elle était la mère de plume de Romain. Si elle ne se battait ni pour les droits d'auteur, ni pour la reconnaissance d'un éventuel public, elle se battrait pour lui, son héros qui avait pris la parole.

Le texte était bien passé à la radio, si elle n'avait pas été si contrariée, elle aurait apprécié ce moment tant attendu…

Pendant les jours qui suivirent, elle prit contact avec les organisateurs du concours, avec la radio qui avait diffusé la nouvelle. Ses interlocuteurs étaient visiblement surpris, l'attestation portait bien le nom de Caroline Malo, le document avait effectivement été, à y regarder de près, surchargé mais c'était bien l'attestation originale qui avait été jointe à l'envoi du texte.

Marielle n'osa pas rentrer dans les explications, l'enveloppe non fermée, l'envoi à La Poste par un tiers. Et c'est là que Caroline avait dû mettre du blanc et remettre ses coordonnées à elle… Marielle ne souhaitait pas s'embarquer dans un procès, elle n'avait pas les moyens de prendre un avocat et puis sa tristesse d'avoir été ainsi trahie ce n'est pas l'argent qui lui rendrait. Elle avait contacté Caroline, celle-ci lui avait raccroché au nez non sans l'avoir assenée d'un ironique : Mais qui va te croire ma pauvre Marielle ? Alors, elle n'avait pas osé prévenir ses amis, elle s'était repliée sur elle-même évitant les soirées, cherchant la faille qui permettrait de faire éclater la vérité sans éclabousser tout le monde.

Un soir alors qu'elle rentrait plus tôt qu'à l'accoutu-
mée, prise d'une soudaine inspiration, elle décida de
rechercher dans ses dossiers consacrés à ses écrits. Enfin,
elle y était ! Comment n'y avait-elle pas pensé avant... Elle
avait une preuve, elle tenait entre les mains le reçu de
dépôt de manuscrit à la SGDL, la société de protection
des auteurs. Elle avait en effet envoyé son texte le lendemain du concours par réflexe habituel et avait reçu leur
accusé de réception en retour avec la date, le titre de
sa nouvelle et un numéro d'enregistrement. Elle n'y avait
plus pensé ensuite et la supercherie de Caroline l'avait
tellement déstabilisée qu'elle avait oublié l'existence de ce
document. Et voilà qu'elle l'avait, la preuve de sa bonne
foi ! Elle se sentit enfin soulagée. Le téléphone sonna,
détendue, elle décrocha heureuse libérée de ce poids qui
avait obscurci le cours de ces dernières semaines :

- Allô !
- C'est Caroline.
- Ah !

Marielle ne réagit pas, attendant la suite, Caroline
reprit d'une voix essoufflée :

- Écoute, la radio m'a appelée, ils ont des doutes depuis que tu les as contactés, mais ils n'ont pas de preuve,
alors ils m'ont dit que c'était tout simple ; ils ont besoin
de faire une suite, un deuxième épisode, car la nouvelle a
beaucoup plu à leurs auditeurs. J'ai essayé, j'ai vraiment
essayé (*elle pleurait maintenant*), mais c'est plus difficile que
je le croyais. Je voulais m'intégrer dans votre groupe, tu
comprends ! Vous faites tous des choses tellement sympa,
il y en a qui sont acteurs, d'autres musiciens et toi, tu écris

alors j'ai cru que c'était facile, mais je n'ai réussi qu'à écrire trois lignes en deux semaines *(sa voix explosa soudain de colère)* et puis ton Romain avec moi il ne parle pas !

Marielle raccrocha sans vouloir entendre la suite, elle n'en avait pas besoin. Inutile même d'assener le fait qu'elle venait juste de son côté de trouver une preuve.

La tête haute, le visage radieux, elle regarda autour d'elle comme pour prendre à témoin un public invisible. Elle était fière de son petit Romain, de leur complicité ; son héros par son silence avait démasqué de lui-même la coupable …

FIN

www.ingramcontent.com/pod-product-compliance
Lightning Source LLC
Chambersburg PA
CBHW030529260626
47157CB00005B/1949